LE PASSAGE DU VAR,

O U

L'INCURSION DES AUTRICHIENS

EN PROVENCE.

PO Ë ME.

par le c.r. Dandré Bardon

Hostes versa fugâ Victor dare terga coëgit.

Virg. Georgic. lib. IV.

A PARIS,

CHEZ THIBOUST, IMPRIMEUR DU ROI,

Place de Cambray.

M. DCCL.

A MONSEIGNEUR
LE DUC
DE BELLE-ISLE,
PRINCE DU SAINT EMPIRE,

PAIR ET MARÉCHAL DE FRANCE,
Chevalier des Ordres du R o i & de la Toifon d'Or,
Gouverneur des Ville & Citadelle de Metz, des Pays
Meſſin & Verdunois, Lieutenant Général des Duchez
de Lorraine & de Bar, de l'Académie Françaiſe.

ONSEIGNEUR,

Le Titre de Libérateur de la Provence, que vous
avez réuni à tant d'autres Titres illuſtres, ſemble donner
droit à tout Citoyen de vous offrir un tribut de ſa recon-

a ij

noiſſance. C'eſt ce trait de votre Gloire, que je conſacre dans ce Poëme. Quoiqu'il ne ſoit pas digne de mon Héros, j'oſe eſpérer, MONSEIGNEUR, que vous voudrez bien le recevoir comme une preuve de mon zéle.

Je ſuis avec un profond reſpect,

MONSEIGNEUR,

Votre très‑humble & très‑
obéiſſant Serviteur,
DANDRÉ BARDON.

AVERTISSEMENT.

L'INCURSION des Troupes de la Reine de Hongrie, & du Roï de Sardaigne dans une partie de la Provence, & l'expulsion de ces mêmes Troupes forcées de renoncer à leurs projets, forment des traits intéressans dans l'Histoire de la guerre, qui a remué si long-tems presque toute l'Europe. Ces deux événemens, dont l'un a commencé & l'autre a été consommé par le Passage du Var, ont décidé le titre de ce Poëme. En voici le Sujet.

M. le Général Braoün à la tête d'une Armée d'environ quarante-deux mille hommes, secondé par l'Escadre Angloise, qui tenoit les côtes de Provence, passe le Var le 30 Novembre 1746. Il établit son quartier général à Canne, d'où, par le moyen de différens détachemens, il exige des contributions dans ce canton de la Province, qui est renfermé entre les Rivieres de Verdon & d'Argens. Ce que ces Troupes occuperent au-delà est peu considérable, si on excepte Castellane & ses environs.

Le 21 Janvier suivant, M. le Maréchal Duc de Belle-Isle marche à la tête de l'Armée combinée de France & d'Espagne, composée d'environ quarante mille hommes, & il n'emploit gueres plus de tems pour chasser les ennemis de tous leurs postes, & pour les forcer de repasser dans le Comté de Nice, qu'il n'en faut pour aller de Toulon au Var.

Au reste, ce n'est point ici un Poëme Epique. Les fictions allégoriques qui soutiennent ces sortes de Poëmes, le merveilleux bien menagé qui y charme l'esprit, fait ici place à la vérité toute simple. On n'emprunte de la Fable que quelques légers ornemens. Les actions héroï-

ques que le ſujet préſente, voilà les bornes qu'on s'eſt
preſcrites. On n'a pas même pû faire mention de tous
les Officiers qui ſe ſont diſtingués dans cette occaſion ;
il auroit fallu les nommer tous.

Mais ce que l'Auteur de cet Ouvrage ne ſçauroit
taire, c'eſt qu'il doit aux lumieres d'une reſpectable
Société * & à l'examen qu'elle a bien voulu en faire,
l'avantage de le préſenter au Public, avec quelque ſorte
de confiance.

---

* L'Académie Royale des Belles-Lettres établie à Marſeille.

SOMMAIRES.

CHANT I.

CHANT II.

CHANT III.

LÉ

LE PASSAGE
DU VAR,
OU L'INCURSION DES AUTRICHIENS
EN PROVENCE.

POËME.

SOMMAIRE.

SUR ces bords où le VAR voit ſes ondes altieres,
De l'Empire des Lis terminer les Frontieres,
Paroît l'Aigle d'Autriche ; Et déjà ſa Fureur,
Annonce le ravage , & répand la terreur.
Muſe , dis-nous comment le caprice des Armes ,
Du Teſſin juſqu'au Rhône a porté les allarmes ?
Peins un Peuple opprimé ſous un joug odieux ,
Affranchi par les ſoins de LOUIS , & des Dieux ;
D'un Heros ſon vengeur éterniſe l'ouvrage ,
De la Vérité ſeule emprunte le langage ;
Qu'elle ſoit aujourd'hui par ſes nobles accents ,
L'appui de ton génie , & l'honneur de tes chants !

A

CHANT PREMIER.

LES BOURBONS triomphoient au sein de l'Italie ;
Ils bravoient du Piedmont l'alliance ennemie ;
Au Milanais tremblant ils imposoient des loix,
Et forçoient la Hongrie à craindre leurs exploits.
Qu'un malheureux instant fait éclipser de gloire !
Les Français sont surpris ; loin d'eux fuit la Victoire.
Asthi livre au revers ce Peuple de Héros,
Et l'Eridan superbe a vû fuir leurs Drapeaux.
Par la ruse souvent la valeur est trahie.
France, aux arrêts du sort te verrai-je asservie ?
Ta rivale en courroux, fiere dans ses projets,
Du bruit de sa vengeance allarme tes Sujets.
Elle approche ; & j'entends murmurer son tonnerre ;
Elle porte en ton sein les horreurs de la Guerre ;
Elle y croit voir bien-tôt flotter son Etendart,
Te brave, te menace, & traverse le Var.
Quel coup de foudre, ô ciel, a frappé la Provence !
Ses tristes Citoyens, sans appui, sans défense,
Par le seul zele armés, & presque sans Soldats,
Attendent pour venger l'honneur de leurs climats,
Ces Athletes Guerriers funestes à la Flandre,
1. Par Maurice formés à vaincre, à nous défendre.
Qu'ils viennent couronnés des lauriers teints de sang
2. Cueillis à Fontenoy par un Roi triomphant !

---

1. Monsieur le Comte Mau- │ ral des Camps & Armées du Roi.
rice de Saxe, Maréchal Géné- │ 2. Victoire de Fontenoy rem-

Qu'ils viennent arrêter ces nombreuses cohortes,
Qu'un facile succès conduisit à nos portes,
Repousser les efforts d'un Guerrier redouté,
Et dans son propre sang éteindre sa fierté !

MAIS d'un œil paternel LOUIS voit nos disgraces.
Il trompe des Germains l'attente, & les menaces.
Sa tendresse a parlé : Tous les secours sont prêts.
Qui protége les Rois sçait venger ses Sujets.
Contre nos ennemis sa Justice est armée.
Des rives de l'Escaut déjà part une armée ;
Déjà pour en régler les glorieux travaux,
Ce Monarque chéri nous envoye un Héros.
L'Ordre naît sous ses pas. Cent Machines terribles,
Qui portent dans leur sein des trépas infaillibles,
Sûr espoir de Toulon, appuis de ses Remparts,
Sont prêtes à vomir leurs feux de toutes parts.
Je vois par nos Soldats nos Côtes occupées,
Les Arcenaux remplis de lances & d'épées,
Dont le brillant acier offre au premier abord
Les Armes de la gloire, & les traits de la mort,
Menacent de cent dards l'Autriche & l'Angleterre.
Elevé par Bellone au grand art de la guerre,
Mauriac prévoit tout ; d'industrieux Vaubans
Tracent de nouveaux Forts, en dirigent les Plans.
Cibele en frémissant, voit creuser ses entrailles ;
De son sein déchiré se forment des murailles ;
Et la terre entassée à l'épreuve du choc,
S'éleve, s'endurcit, prend la force du roc.

II.
Divers pré-
paratifs de
défense pour
la Province.

1.

2.

portée sur les Alliés, par le Roi
à la tête de son Armée, le 11
Mai 1745.
  1. M. le Maréchal Duc de

Belle - Isle, Commandeur de
l'Ordre du Saint Esprit.
  2. M. de Mauriac-Maréchal de
Camp, commandoit dans Toulon.

C'est là que la Valeur compagne de la France,
A l'ombre des drapeaux établit sa défense.

1. Digne Sang d'Orleans, Marseille sous tes Loix
Vengera ses Remparts, sa Liberté, ses Droits :
Ses tonnerres d'airain sur des nefs foudroyantes,
Affrontent d'Albion les voiles menaçantes.
Bientôt .... Mais quel secours nous préparent les Cieux ?

III.
La Garnison Autrichienne chassée de Gènes.
2.

Connoissez à ce trait là justice des Dieux,
Tremblez Germains, tremblez. L'auguste Republique,
Que forçoit à gemir un pouvoir despotique,
Fiere, quoiqu'opprimée, esclave, sans secours,
De sa captivité va terminer le cours. ...
Sa gloire, ses malheurs raniment son courage ;
Des fiers Autrichiens elle enchaîne la rage,
Dans leur Camp orgueilleux ramene les revers,
Les combat, les terrasse, & leur donne des fers.

IV.
Premiers succès du Général Brovvn.
Les Anglois surprennent les Isles de Lerins.
3.

Hélas ! nous nous flations que Gènes délivrée,
Chassant de ses Remparts l'Aigle désesperée,
Mettroit nos murs, nos champs, à l'abri de ses coups,
Et que ce trait hardi confondroit son courroux ;
Mais Brown cet ennemi que la gloire éguilonne,
Brown qui ne connoit point de revers qui l'étonne,
Ranime ses guerriers, & porte la terreur
Par-tout où peut percer leur active fureur.
Cependant Albion sur ses Isles flotantes,
Du caprice des eaux par son art triomphantes,
Transporte sur nos mers ses foudres & ses camps. ...
En vain le Dieu des flots souleve tous les vents ;

1. M. le Grand Prieur (Chevalier d'Orleans) Général des Galeres.
2. Cette révolution singuliere, à laquelle le despotisme du Général Botta fournit l'occasion ;
arriva le 10 Décembre 1746.
3. M. Le Comte de Brown, Général de l'Armée de la Reine de Hongrie. La Poësie se conforme ici à l'usage, suivant lequel on prononce Brown. ...

L'Anglois enchaîne Eole , & Thétis s'en étonne.
Les airs font embrafés ; Lerins tremble, friffonne.
Des globes ennemis les foudroyants éclats ,
Allarment dans ce Fort & peuples & foldats.
Ils menacent leurs Tours, vont les réduire en cendre ;
Mais la prudence parlé , & Lerins va fe rendre.

  Qu'AISEMENT on enleve un Pofte qu'on furprend !
Avancez fiers marins , Antibe vous attend.
Trop fidelle à L O U I S pour fervir l'Angleterre,
Sade vous répondra par cent coups de tonnérre ;
Son zéle , fa valeur qu'enflamme le devoir,
Vont bientôt dans l'abîme engloutir votre efpoir.
La foudre part ; la Ligue arme en vain fon courage ;
Sur Antibe déjà fond un nouvel orage ;
Au courroux du Hongrois, l'Anglais joint fon courroux ;
Mais Sade triomphant rit encore de leurs coups.
Tel on voit le rocher au fort de la tempête,
Oppofer à l'orage une intrepide tête ,
Braver également dans un conftant repos ,
Et les feux du tonnerre , & les vents & les flots.
Vainement par fes vœux rappellant la fortune ,
Albion à fon fort intéreffe Neptune.
De ces foudres guerriers , qui font trembler les mers ,
Les éclats redoublés fe perdent dans les airs.
La honte , le dépit s'allument dans leur ame ;
L'onde mugit au loin, le Ciel tonne, s'enflamme.
Bruits frivoles ! l'Anglais brife contre l'écüeil,
Que le valeureux Sade oppofe à fon orgüeil.
C'eft ainfi qu'à fon gré la fortune fe joüe
Des mortels qu'elle éleve au plus haut de fa roüe.

V.

Antibe af-
fiégé par ter-
re & par
mer ; les en-
nemis y é-
chouent.

1.

1. M. Le Comte de Sade , Gouverneur d'Antibe.

Souvent la même main qui détruit nos succès,
D'un concurrent jaloux renverse les projets.

VI.

Le Général Botta fait de nouveaux efforts pour entrer dans Gènes.

SIGNALE ton caprice, inconstante Déesse !
Pour l'Aigle du Germain ta faveur s'intéresse.
Gènes redoute encor parmi ses ennemis,
L'Allié des vaincus que son bras a soumis.
Le Héros du Piedmont porte contre Savone

1. Les redoutables coups qui soumirent Tortone,
Des guerriers d'Albion protege les efforts,
Flate leur espérance, & leur ouvre ses Ports. ;

2. Il seconde à leur gré leur manœuvre importune,
Et semble nous fermer les plaines de Neptune.
Botta, d'un œil jaloux admire Emmanuel ;
Sur les Republicains jette un regard cruel.
Il marche ; & son dépit dont fremit la nature,
Dans les flots de leur sang veut laver son injure :
Mais que ne peut un peuple intrépide, opprimé ?
Contre l'Autrichien le Gènois ranimé,
Fait par de nouveaux traits éclater son courage,
Le presse, le poursuit, l'investit de carnage,
L'orgueil qui du Hongrois irrite le courroux,
Reveille son audace, & dirige ses coups.
Sa bouillante fierté s'accroît loin d'être éteinte.
Gènes que son succès laisse encor dans la crainte,
Oppose à l'Esclavon ce redoutable Fort,

3. Bâti par la nature, & gardé par la mort ;
Amas prodigieux de rocs & de montagnes,
Qu'éleverent les Dieux en faveur des Campagnes.

1. Charles Emmanuel III. Roi de Sardaigne.

2. Les Anglais ménaçoient de ne plus rien fournir au Piedmont, si ses troupes ne reprenoient Savonne & Villefranche, dont les Ports étoient si favorables à leurs projets.

3. Le Poste de la Bochetta, repris jusqu'à trois fois par les Gènois.

Le Hongrois téméraire ose encor s'avancer
Vers ces lieux qu'Annibal eut eu peine à forcer.
A travers les horreurs des éclairs & des ombres,
Le fier Republicain sort de ses antres sombres ;
La terreur suit ses pas. Le Germain allarmé,
Se trouble, hésite, fuit, & tombe désarmé.
L'imperieux Botta sur ses troupes guerrieres,
Voit Bellone lancer cent foudres meurtrieres.
La vengeance à loisir se baigne dans leur sang ;
Et de la même main qui leur perce le flanc,
Du Gènois courageux secondant la furie,
Rend au peuple opprimé la liberté, la vie.

Nous nous flations en vain, notre espoir est détruit ;
Le danger nous menace, & le sort nous poursuit.
Son caprice au Germain redonne l'espérance ;
Sous le glaive du Nord fait trembler la Provence.
Novati court au loin insulter nos Remparts,
Jusqu'aux murs de Riez porte ses étendarts,
Tandis que l'heureux Brown, tranquille au sein de Cane,
Voit Lesterel, Frejus, Draguignan, Castelane,
Ouvrir un libre champ à l'avare Esclavon,
Lui frayer une route aux portes de Toulon.
Dieux ! qui garantira de ses feux implacables,
De nos Fastes sacrés les dépôts respectables ?
Nos tours de Sextius, chefs-d'œuvre des Romains,
Vont'elles être en proye au courroux des Germains ?
Ces tombeaux précieux, ces monumens antiques,
Ces salutaires bains, ces temples, ces portiques,

V I I.

Progrès de l'Armée Autrich. dans la haute Provence.
1.

2.

---

1. M. Le Marquis de Novati Lieutenant Général de l'Armée Autrichienne.
2. Aix, Capitale de la Provence, célébre par les Cours Souveraines dont elle est le Siége, par les Mausolées des anciens Comtes de Provence, & par plusieurs monumens de la plus respectable antiquité.

Confervés par nos foins , & des tems refpectés ,
Par de jaloufes mains feront-ils infultés ?
Redoutable Belle-Ifle , à ta jufte vengeance
Immole cès guerriers ! Mais le Hongrois s'avance ;
D'impétueux foldats au butin excités ,
Inveftiffent nos champs ; allarment nos cités.
Quoi déjà l'ennemi ! . . . Loin frayeur populaire ;
Non , non n'écoutons point le timide vulgaire ,
Qui d'un mal apparent trop prompt à fe troubler ,
Croit tout ce qu'il redoute , & ne fçait que trembler.
Heros , dans tes projets ne fuis que ta prudence ;
Sous ton œil vigilant que craindroit la Provence ?
Le plus fage des Rois la remet en tes mains ;
Il connoît ta valeur , approuve tes deffeins.

VIII.
Nos Maga-
fins achevés
par le zéle
des Proven-
çaux.

D E S Citoyens en foule ; à tes ordres dociles ,
Te portent de leurs champs les richeffes fertiles.
La nature forcée aux plus rudes travaux ,
Succombe , fans gemir , fous le poids des fardeaux.
1. Du Salyen fidele on voit l'ardeur extrême ,
A fervir dans LOUIS un Souverain qu'il aime.
On diroit que le zéle animant ces climats ,
Produit de l'or , des grains , des armes , des foldats,
Des peuples tout prévient les miferes fatales.
Que de cœurs généreux , que de mains libérales
2. Sécondant la Province , & Glené par leurs foins ,
Font naître l'abondance au milieu des befoins !
Préfage heureux ! Déjà la flateufe efpérance ,
D'un rayon bienfaifant éclaire la Provence.
Viens fixer nos deftins , accours venger nos droits ,
Généreux protecteur de nos biens , de nos loix.

1. Strabon , Pline , & les an-   2. M. De Glené , Intendant
ciens Auteurs , appellent Salyens   de la Province.
les Peuples de Provence.

Ton

Ton nom feul va foumettre en ces lieux pleins d'alarmes,
Le Français par l'amour, le Hongrois par les armes.
La victoire s'aprête à marcher fur tes pas ;
Viens, & quand ta fageffe enchaîne les combats ;
Quand tu tiens en fufpens la Province alarmée,
Montre au peuple inquiet, qu'au centre d'une Armée
Raffembler les fecours utiles aux Guerriers,
C'eft préparer leur gloire & hâter leurs lauriers.

CHANT SECOND.

IX.

Arrivée des Troupes détachées de l'Armée de Flandre.

MAIS j'entends la trompette, & nos soldats s'avancent.
Le Rhône en est couvert ; sur les bords ils s'élancent.
D'un pas précipité nos nombreux bataillons ,
Du vaillant Espagnol joignent les Escadrons.
Sur leur front la bravoure , une mâle assurance ,
La joie & la fierté brillent d'intelligence ;
Les peuples enhardis courent de toutes parts,
Portant sur nos drapeaux leurs avides regards.
Ces étendards flotans, pavillons de la gloire ,
Ces intrépides Chefs conduits par la victoire ,
Ces farouches soldats , de blessures couverts ,
Tout nous semble annoncer la fin de nos revers.
Assez & trop long-tems la fortune ennemie ,
Favorise Albion ; le Piedmont , la Hongrie ;
Belle-Isle va changer la face du destin ,
Et vaincre en ces climats Londre , Vienne & Thurin.
A guider nos Heros Minerve se prépare ;
Pour les droits des Bourbons l'Olympe se déclare :
Un génie indomptable assure les succès

1. Des traits que Némesis a remis aux Français.
D'un si noble projet bientôt la Renommée

2. Instruit LOUIS , PHILIPPE & le peuple & l'armée.

X.

L'Armée combinée de France & d'Espagne se met en mouvement.

TOUT part. Nos combatans au loin dans nos deserts,
De leurs accords guerriers font retentir les airs.
Déjà l'illustre Infant qu'accompagne la gloire,
D'un ton impérieux rappelle la victoire.

1. Nemesis , Déesse de la ven- | 2. Le Prince Dom Philippe II.
geance. | Infant & grand Amiral d'Espagne.

A fon ordre elle accourt, comme à ceux de LOUIS:
Elle fçait refpecter dans cet augufte fils,
L'héritier vertueux de la grandeur fuprême.
Jaloux de mériter l'honneur du diadême,
Pour chercher les combats méprifant les plaifirs,
Philippe de fa gloire occupe fes defirs.
Son cœur eft attendri des vœux de la Province.
Il part accompagné d'Eft ce généreux Prince
Si cheri des Bourbons, des peuples des foldats ;
Qui des flots de la guerre eût fauvé fes Etats,
Si plus ambitieux, moins ami de la France,
Il n'avoit confulté qu'une fauffe prudence.
Mais fidelle à LOUIS, flaté de fon appui,
Ce Héros met fa gloire à tout rifquer pour lui.
Non loin marche un mortel en qui la valeur brille ;
La terreur du Germain, l'honneur de la Caftille ;
Il admire le Chef dont la France a fait choix,
Pour cueillir les lauriers d'un Prince & de deux Rois.
Digne émule de Mars, vole où l'honneur t'appelle !
En faveur des Bourbons éternife ton zéle ;
Contre leurs ennemis arme un courroux vengeur ,
Menace, & dans leur Camp tu porte la terreur.

T E L que du haut des cieux on voit fondre l'orage :
Un effain de Français que l'honneur encourage,
Part, court, vole au triomphe, & déjà dans les fers
Pour prix de fa fierté met le hardi Kellers.
Ses foldats difperfés fe foutiennent à peine ;
Dans les Poftes voifins la fuite les ramene ;

I.

2.

X I.

*Les Ennemis
chaffés de
leurs Poftes
au - delà du
Verdon.*
2.

1. François-Marie d'Eft III. Duc de Modene, refufa de figner même la neutralité.
2. M. le Marquis de Lafminas, Lieutenant Général des Armées d'Efpagne.

3. M. le Baron de Kellers, Capitaine du Regiment de Hagenbach, commandoit à Chaf-teuil.

Ils abandonnent Aups, Rougon, Chafteuil, Mouftiers,
Cités où le Piedmont arboroit fes lauriers,
Dans ces tems à jamais fameux par nos alarmes,
Où Brown s'applaudiffoit du fuccès de fes armes.
Fortune; alors ta main chancelante au hazard,
Ne guidoit qu'en tremblant les rênes de ton char !
Perfide, tu nous fis éprouver ton caprice,
Et conduifant nos pas au bord du précipice,
Tu nous montras par-tout des abymes ouverts.
Livras-tu fans fremir aux plus triftes revers,
Tant de braves foldats, dont l'audace guerriere,
Affrontoient d'Atropos l'ateinte meurtriere ?
Temps fatal tu n'es plus ! Les deftins font changés :
Déjà le Germain fuit ; nos Guerriers font vangés.
De féroces Captifs dans nos Villes prochaines,
Traînent, le front courbé, la honte de leurs chaînes.
1. Le prudent d'Ormea quitte fes étendards ;
Minerve appelle ailleurs ce jeune fils de Mars.
De généreux mortels, vengeurs de la Provence,
Signalent par leurs coups la gloire de la France.
2. D'Enfernet, la terreur des foldats ennemis,
Dont le bras formidable a le premier foumis
Ces Pandoures fougueux, fleaux de nos campagnes,
D'Enfernet le tuteur, l'Ange de nos montagnes,
3. Aux ordres de Chevert, qui dirige fes pas,
Vole, & fur le Hongrois lance mille trepas.
Chevert s'apprête à vaincre ; & l'éclat de fa foudre
Eft le Signal des feux qui vont reduire en poudre

---

1. M. le Marquis d'Ormea, Brigadier des Armées de Sardaigne.

2. M. d'Enfernet Lieutenant Colonel, étoit communement appellé l'Ange tutelaire de la haute Provence.

3. M. de Chevert, Maréchal de Camp.

Ces fiers ufurpateurs de nos Droits les plus chers.
Déjà tous nos foldats font autant de Cheverts.
La foif de la vengeance irrite leur courage ;
Leur marche redoutable annonce un prompt orage ,
Aux maîtres de ces rocs , où Caftelane en pleurs
Attend en gémiffant la fin de fes malheurs :
Déjà tout obéit à la voix de Bellone :
On avance , on accourt. Telle on voit la lionne ,
Déchaîner fa fureur , prête à mettre en lambeaux
Le hardi raviffeur des tendres lionceaux.
Déjà s'éleve au loin une épaiffe pouffiere
A la foible clarté d'une pâle lumiere ;
Phebus voit avancer les étendarts des Lis ,
Et defcend à régret dans le fein de Thetis.
Arréte aftre brillant , prolonge ta carriere ,
Prête à Maulevrier un refte de lumiere !
Mais non . . . . fon zele actif, flambeau de fes projets,
Suffit pour éclairer fa gloire & nos fuccès.
Il paroît , il difpofe ; & tout change de face :
Germain, ce jour verra confondre ton audace !

    D E s tremblantes lueurs de fon premier rayon ,
A peine le foleil éclairoit l'horifon ,
Quand le Heros qui veille au fort de nos Alcides ,
Attaque de Neuhans les troupes intrépides.
Le Français , l'Efpagnol de la gloire jaloux ,
Se difputant entr'eux l'honneur des premiers coups ,
Du Hongrois obftiné forcent la réfiftance.
Le brave Helvetien , guidé par la vaillance ,

X.

2.

XII.
*Caftelane re-
prife fur les
Autrichiens.*

3.

---

   1. Caftelane , ville du Diocèfe de Senez fur la riviere de
Verdon , dont le terroir eft auffi
fertile qu'agreable.
   2. M. le Comté de Maulevrier, Lieutenant Général , commandoit en Chef l'attaque de
Caftellane.
   3. M. le Comte de Neuhans ,
Lieutenant Général de l'Armée
de la Reine de Hongrie , commandoit dans Caftelane.

1. Sur les pas de Taubin, qu'anime un beau transport,
Brave mille dangers & repousse la mort.
Il abat l'Esclavon sous de brulants nuages.
De ses rétranchemens les frivoles ouvrages,
2 Remparts que la frayeur construisit de ses mains,
Croulent, & dans leur chûte entraînent les Germains.
Tels on vit les Titans sous leurs rochers funestes,
D'un téméraire orgueil ensevelir les restes.
Par nos traits sous nos feux l'ennemi renversé,
Ménace en frémissant le bras qui l'a percé.
Il exhale sa rage en clameurs, en murmures ;
Et par son désespoir irritant ses blessures,
Comme un ours furieux dont on ouvre le flanc,
Se roule, se releve, & perit dans son sang.

2. Le Verdon en rougit : l'Autrichien frissonne,
Le Français le poursuit, l'atteint & l'environne.
On lance tour à tour mille traits foudroyants ;
Les champs ensanglantés se couvrent de mourants.
Mars balance un instant la victoire incertaine ;
Les hazards sont fixés, le Français les enchaîne,
Porte sur le Hongrois sa valeureuse main,
L'ébranle, le renverse, & lui perce le sein.
J'apperçois d'Enfernet sa valeur attentive,
Arrête des vaincus la troupe fugitive.

3. Ici l'Ibérien, qu'anime la fierté,
Dompte du Piedmontais le courroux revolté.

---

1. M. le Marquis de Taubin, Brigadier des Armées d'Espagne, Capitaine des Gardes Valones, commandoit 2500 Suisses, qui étoient au service de cette Couronne.

2. Le Verdon, riviere qui se jette dans la Durance, & sépare la haute Provence de la basse.

3. On sçait que les Espagnols ont été appellés du fleuve d'Ibere, connu aujourd'hui sous le nom d'Ebre.

Auloin dans la chaleur d'un courage invincible ,
Neuhans de mille morts brave l'affaut terrible.
Il fignale fans fruit la valeur de fon bras ;
Et d'honorables fers le fauvent du trépas.
Du milieu des hazards nos troupes triomphantes ,
Rapportent des Bourbons les enfeignes flotantes.
D'Efcars, Traifnel , Befons, qu'on a vûs de cent bras   1.
Lancer fur l'ennemi la foudre & le trépas,
D'Aubigné , Vaubecourt , Gonderande à leur gloire ,   2.
Joignent le doux plaifir d'entendre la victoire,
Au bruit de fa trompette annoncer en tous lieux ,
Du fier Maulevrier les fuccès glorieux.
Cedés , hardi Germain , Caftelane conquife ,
Du prix de votre fang payra votre entreprife.
Chefs , Officiers , Soldats, tout le verfe à l'envi.
Et vous Bernclau , Cazal , Hagembach & Palfi ,   3.
Guerriers intimidés par les flots de l'orage ,
Vous qu'une prompte fuite a fauvés du carnage,
Tremblez , fi dévorant vos mortelles frayeurs ,
Vous n'allez loin du Var oublier vos malheurs.

 L A victoire nous fuit. Argens qui fur fes rives ,   XIII. 4.
Confoloit en tremblant fes Nymphes fugitives,   *Les Ennemis*
                                                         contraints de
                                                         repaffer l'Ar-
                                                         gens.

---

1. M. le Marquis d'Efcars, Brigadier , Colonel du Regiment de Saneterre , commandoit du côté du Verdon. M. le Marquis de Traifnel Brigadier, étoit à la tête de l'Avant garde. M. le Marquis de Befons, Colonel du Regiment de la vieille Marine , commandoit la Brigade de Guienne.

2. M. le Marquis d'Aubigné , Colonel du Regiment de Dragons qui porte fon nom , étoit à la tête de la Brigade de Dra-

gons. M. de Vaubecourt , commandoit la Brigade de Traifnel. M. de Gonderande , Lieutenant Colonel du Regiment Royal Baviere , commandoit la Brigade de Périgord.

3. Il y avoit dans Caftelane trois bataillons Autrichiens , Bernclau, Hagembach , & Palfi , & un Piémontais , Cazal.

4. *L'Argens* , riviere qui fe jette dans la Méditerrannée, près de Fréjus,

Voit approcher enfin nos Guerriers redoutés.
Le falpêtre & le plomb volent de tous côtés ,
Et de nos ennemis annoncent la défaite.
L'indocile Efclavon affure leur retraite ,
Oppofe fans fuccès un courage expirant ,
Cede, quitte le Pont , & fe fauve en fuyant.

2. D'Arnaud paffe le fleuve , & Lorgues en allarmes ,
Voit de nos bataillons étinceler les armes.

4. Le vaillant Mirepoix fe rend maître des Arcs ,
Chaffe le Piedmontais devant nos étendarts.
Son redoutable glaive excite le courage
De ces Lions Français qui volent au carnage ;
Repouffe du Germain la rebelle fureur ;
Le preffe , le terraffe , & dompte fa valeur.
Semblable à ces torrents , dont les ondes fougueufes
Lancent contre le roc leurs vagues orgueilleufes ,
Et par fa réfiftance encor plus irrités ,
L'entraînent dans l'abyme à bonds précipités.
Le Hongrois difperfé fur fon corps fe replie.

5. Aux ordres de Maker Bellone le ralie.
Draguignan le voit prêt à quitter fes Remparts ;
Déjà près de fes murs flottent nos étendarts.
Ta gloire, heureux Français , précede ta vengeance.
Pour nourrir plus long-temps une aveugle efpérance ,
L'Aigle à fes Alliés s'eft envain réuni ;
Son triomphe s'éclipfe , & fon regne eft fini.

1. M. Darnaud, Maréchal de Camp.

2. *Lorgues* , petite ville du Diocèfe de Frejus.

3. M. le Marquis de Mirepoix, Lieutenant Général des Armées du Roi, commandoit en Provence.

4. *Les Arcs* , Marquifat fur la route de Frejus.

5. M. le Comte de Maker, Officier Général Autrichien , commandoit dans Draguignan ville remarquable & par fa fituation gracieufe , & par le grand nombre de nobleffe qui y fait fon fejour.

TOUT

Tout fuit. Le Varadin, le Piedmontais, docile,
Sous l'étendart de Brown vont chercher un azile.
Odonel les imite ; & Frejus aux abois,
Vers ses murs désolés voit marcher Mirepoix.
Cet ami de Pallas, fier amant de Bellone
Que d'immortels lauriers la victoire couronne,
Fait fuir l'Aigle d'Autriche à son aspect vainqueur.
Ainsi fuit le vautour à l'aspect du chasseur.
Il s'approche à grands pas de ce bois redoutable,
Aux rayons du soleil azile impénétrable,
Labirinthe effrayant, qui n'offre à chaque pas
Que le péril, la crainte, ou l'horreur du trépas ;
Lesterel, où Frejus vit son peuple en allarmes,
De son propre ennemi favoriser les armes,
Faire à travaux forcés de vains retranchemens.
Qu'à regret, ô Frejus, tu servois tes tyrans !
C'est là que Mirepoix d'un courage intrépide,
Atteint des Varadins la cohorte homicide.
Perreuse & Saint-Tropés sur les pas du Heros,
Vont frapper. Le sang coule & ruisselle à grands flots.
Quels feux vont éclairer leur valeur ranimée ?
Le Pandoure est couvert de sang & de fumée.
Cent chênes embrasés, que la flamme détruit,
Forment un jour lugubre au milieu de la nuit.
Lesterel voit franchir ses taillis les plus sombres.
Le flambeau de la mort met en fuite les ombres.

---

1. M. le Comte d'Odonel commandoit dans Frejus, ville située assez près de la mer.

2. *Lesterel.* Ce bois qui est entre Frejus & Grasse, est trop connu par les dangers qu'y courent les voyageurs, & par les travaux forcés que les Ennemis y firent faire aux habitans de cette premiere ville.

3. M. le Marquis de Perreuse, Maréchal de Camp, commandoit les Grenadiers qui soutenoient les volontaires Provençaux, dont M. le Marquis de Saint-Tropés, Capitaine dans le Regiment de Rumain étoit Colonel.

C

Germains & Piedmontais, tous défertent les bois.
Du vainqueur vainement ils veulent fuir les loix ;
Dans des pieges mortels fon bras va les conduire.
C'eft peu de les combattre, il cherche à les détruire.
Il pourfuit les fuyards, & du poids de leurs fers,
Accable les vaincus, ou les plonge aux enfers.

X V. S.o n courage brûlant ajoûte à fa victoire

Magafins de l'Armée ennemie enlevés fur le bord de la mer. L'éclat inefperé d'une nouvelle gloire.
Sur les humides champs fon active valeur,
Dans la flote ennemie a porté la terreur.

1. Autour d'elle à grands flots s'éleve la tempête ;
L'Anglais eft prêt à fuir, & Mirepoix l'arrête ;
Le contraint d'aborder, intimide fes Chefs,
Le dépouille, l'enchaîne, & difperfe fes nefs ;
Par les mains d'Albion fecourant nos contrées,
Il enrichit de grains nos Cités éplorées.
Ainfi nos ennemis, trompés dans leur courroux,
Nous amenent des biens, qui fembloient fuir de nous.

---

1. L'Efcadre Anglaife qui veilloit à la fûreté des Magafins de l'Armée ennemie eft forcée de nous les abandonner, & de prendre le large.

CHANT TROISIEME.

TEL eſt l'ordre des Dieux ; leur ſuprême Puiſſance,
Sur nos bords raſſurés ramene l'abondance.
De l'Aurore au Couchant Neptune ſous ſes loix,
Captive l'Aquilon & guide nos convois.
On leur oppoſe en vain une Eſcadre puiſſante.
L'Inſulaire jaloux voit contre ſon attente,
Nos vaiſſeaux fortunés aborder dans nos Ports,
Et braver ſans peril ſa haine & ſes efforts.
Du Monarque Français les reſſources fertiles,
Des tréſors de Cerès enrichiſſent nos Villes.
Je vois la Faim cruelle, au regard menaçant,
Traîner loin de nos yeux ſon ſpectre languiſſant.

Ici tremble, fremis, Diſcorde impitoyable,
Du repos des humains ennemie implacable !
Oſes-tu mettre au jour tes coupables deſſeins ?
De tes honteux forfaits va ſouiller d'autres mains.
Barbare, tu voulois à la guerre inteſtine,
Unir par tes complots l'horreur de la famine,
Tyranniſer un peuple, & d'une même main,
Le forcer de combatre, & lui percer le ſein.
Tu croyois inſpirer ton homicide rage
Au Français, que ta voix excitoit au carnage.
C'eſt peu pour ta fureur : tes projets criminels,
D'odieux attentats menacent nos autels.
Arrête Sacrilége ! Un Dieu prévient tes crimes.
Il dérobe à tes coups d'innocentes victimes ;

XVI.

*L'appréhen-
ſion de la di-
ſette s'éva-
nouit.*

XVII.

*Efforts pour
ſoulever les
Sevenes diſſi-
pés.*
1.

---

1. On n'ignore pas que les En- | d'exciter des troubles dans les Pro-
nemis avoient tenté vainement | vinces voiſines.

C ij

De tes profanes mains fait tomber le poignard ,
Et t'éxile à jamais loin des rives du Var.
La Difcorde s'enfuit ; la difette cruelle ,
Le défefpoir, la mort, tout s'enfuit avec elle.
Un jour ferain fuccede aux horreurs de la nuit ;
La crainte fe diffipe , & l'efpérance luit.

XVIII.
Les Autri-
chiens forcés
fur la Siagne.

ARRIVEZ tems heureux ! Les deftins de la France,
En faveur de LOUIS font pencher la balance.
Le bras du Tout-puiffant, qui regit l'univers,
Qui couronne les Rois , ou leur donne des fers ;
Protege des Bourbons les armes triomphantes.
Ardent à ranimer fes cohortes tremblantes ,

1. Sur la Siagne envain par des traits ménacans ,
Le Germain veut tenter ce qu'il fit fur Argens.
D'Arnaud, dont la valeur affronte le carnage,
Dompte des Ennemis l'impétueux courage ;
Par cent bouches d'airain leur annonce leur fort ,
Et répand autour d'eux la terreur & la mort.
Leurs Chefs font ébranlés ; je vois fuir une Armée.
Le Fleuve s'applaudit ; fon onde ranimée,
Des exploits de Belle-Ifle admire les fuccès ,
Et treffaille en coulant fous les Ponts des Français.

2. Maulevrier paroit ; Andon ne voit fes terres
Couvertes que d'épieux, de lances, de tonnerres.

3. A Mons Campo-Santo raffemble fes Soldats ;
Tous refpirent la gloire , & font prêts aux combats.

XIX.
Les payfans
pourfuivent
les troupes en-
nemies.

LE feu part , le fer brille : & le Germain timide ,
Suit à pas rédoublés la frayeur qui le guide.

1. La Siagne , riviere qui fe jette dans le golfe de la Napoule.
2. Andon ou Andaön , Baronie près de la riviere du Loup.
3. Mons, Marquifat entre les deux fources de la Siagne , où M. le Marquis de Campo-Santo Lieutenant Général commandoit la Cavalerie.

Sa fierté difparoît. Au fond de nos forêts,
Sa rufe veut en vain le fauver de nos traits.
Un peuple vigoureux, né pour l'agriculture,
Qu'au défaut de Bellone inftruifit la nature,
De fes fiers Ennemis adroit à fe venger,
Teint de leur fang les lieux qu'ils venoient ravager.
Comme on vit le Romain au tems de fes allarmes,
Abandonner le foc pour reprendre les armes :
Parmi les Salyens par la crainte abatus,
Renaiffent dans nos champs mille Cincinnatus.   1.
Ces ruftiques Guerriers fur des Hongrois avides,
De leurs feux ménaçants lancent les traits rapides.
Dans ce Pofte, où la rufe a dirigé tes pas,
Immobile Efclavon, attens-tu le trépas ?   2.
La mort vole, & de cris les écos retentiffent ;
Les airs en font troublés, les antres en mugiffent ;
La Driade frémit : par des fentiers fecrets,
Les Faunes, les Silvains défertent les forêts.
Le Croate aux abois implore la vengeance ;
Ses cris font exaucés ; on vient à fa défenfe.
D'un tourbillon poudreux, groffi de toutes parts,
Sort un nouvel effein d'innombrables Houffarts.
Ces féroces mortels, qu'engendra la Hongrie,
Courent le fer en main fignaler leur furie.
Peuple trop courageux voi quel eft le danger !
Tremble ! . . . . . Mais Darnaud vient ; il court te dégager.
Son glaive a ménacé, l'Ennemi prend la fuite.
Soldats & Citoyens, tout vole à la pourfuite.
Leurs foudres font au loin retentir nos valons ;
Et le fang des fuyards inonde les fillons.

1. Ce Romain étoit auffi la-borieux que brave. *Tit. Liv.* l. 3. c. 26.

2. Une foule de payfans in-veftiffent un détachement qui étoit en embufcade.

Prête à se déchaîner leur troupe ralliée,
Arme envain du Houssard l'audace humiliée ;

1. Pignatelli repousse & confond leur courroux,
Met aux fers cent captifs échappés à ses coups.
De tant d'heureux exploits le consolant présage,
Du triste Salyen ranime le courage.
Il triomphe en son cœur par l'espoir affermi ;
On poursuit, & bientôt on atteint l'Ennemi ;
Mais le Pandoure adroit, trahissant nos mesures,
Dans son Camp loin de nous va cacher ses blessures.
Ainsi pour ménager le sang de ses Soldats,
Le rival de Belle-Isle élude les combats.

XX.

M. le Ma-
réchal établit
son Camp à
Grasse.

Nos Troupes cependant sur les pas de la gloire,
Suivent l'heureux sentier frayé par la victoire.
On aborde ces lieux si fertiles en fleurs,
Que l'Aurore naissante embellit de ses pleurs.

2. Belle-Isle entre dans Grasse ; & ce peuple fidele,
Signale à son abord, & sa joie, & son zéle.
Il bénit mille fois son Vengeur triomphant.
Quel plaisir pour le cœur d'exprimer ce qu'il sent !

XXI.

Les Enne-
mis rassem-
blés au bord
du Var.

Loin des drapeaux Français, vers la plaine liquide,
Déjà l'Aigle d'Autriche a pris un vol rapide.
Je le vois traverser le vaste champ des airs ;
A ses fiers Alliés annoncer ses revers.
La frayeur les maîtrise ; & le glaive immobile,
Dans leurs tremblantes mains n'est qu'un poids inutile.
Le Hongrois accablé sous de nouveaux malheurs,
Voit Brown se dérobant aux foudres des Vainqueurs,
Couvrir de ses drapeaux une troupe éperdue,
Par un reste d'ardeur foiblement défendue.

1. M. de Pignatelli, Lieutenant Général de l'Armée d'Espagne.   2. *Grasse*, ville si connue par la beauté de son climat.

Ce Chef voit dans son Camp ses soldats consternés ,
A la honte , au dépit, au trouble abandonnés ;
Il veut les rassurer ; ils l'écoutent à peine ;
Vers leurs Ponts déjà prêts, la frayeur les entraîne.
Ils ne trouvent par-tout que Français triomphants ,
Dards, globes enflammés , & glaives menaçants.

QUEL Achille nouveau dans leur course rapide, XXII.
Les poursuit ? Je le vois, ce mortel intrépide, *L'avant gar-*
De nos climats vengés l'espérance & l'appui ; *de des enne-*
Ce frere d'un Héros, vrai Héros comme lui. *mis repasse le*
Il paroît. Sur ses pas la valeur triomphante , *Var.*
Des Soldats ennemis redouble l'épouvante. 1.
Je vois à ses côtés mille coursiers fougueux,
S'applaudir de porter sur leurs dos orgueilleux
Ces généreux Guerriers, envoyés par l'Ibere,
Pour combattre de Brown le projet téméraire.
Campo-Santo les guide. A sa voix les coursiers 2.
Jaloux de partager l'honneur de ses lauriers,
Sur un tas de vaincus foulés dans la poussiere,
Brûlent de signaler leur audace guerriere.
Tout prêts à s'élancer, leur martiale ardeur,
Des ordres de leurs Chefs accuse la lenteur.
Bientôt l'orage avance, & le péril s'apprête.
Les éclairs sillonans annoncent la tempête.
Que de nobles transports ! Quelle intrépidité
De tous nos combatans anime la fierté !
Leurs cœurs brûlans de zéle , excités par la gloire,
Affrontent les dangers, volent à la victoire.
Brown échapera-t'il à leurs traits foudroyants ,
Comme un nuage épais que dissipent les vents ?

1. M. le Chevalier Comte de | Monsieur le Maréchal Duc.
Belle-Isle , Lieutenant Général | 2. Voyez Not. 3 , page 28.
des Armées du Roi , frere de |

Fier Hongrois, dont envain les armes menaçantes,
Remplirent de terreur nos Cités gémiffantes,
Tu vois floter des Lys l'étendart rédouté ;
Et foudain vers le Var tu fuis épouvanté !
Telle au fommet d'Athos on voit une aigle altiere,
Ouvrir fur un troupeau fa ferre meurtriere ;
Mais à l'afpect du feu s'élançant dans les airs,
Elle échappe au chaffeur, & franchit les déferts.
Par des feux impofteurs Brown mafque fa retraite.
Il tâche vainement de cacher fa défaite ;
Et par le triple pont qu'il jette fur le Var,
Se conftruit fur fon onde un mobile rampart.
Le Fleuve confterné dans fa grotte profonde,
Se couvre de rofeaux, abandonne fon onde ;
Sur fon urne panché dévore avec effroy
La honte d'avoir pû défervir un grand Roy.
Heureux s'il eût ofé de fes vagues altieres,
Au Hongrois fugitif oppofer les barrieres,
Le livrer à l'effort du bras qui le pourfuit,
Et noyer dans fes flots l'orgueil qui l'a féduit !

XXXIII.

L'arriere-garde de l'ar-mée ennemie vivement at-taquée.

LA victoire à nos yeux fur fes aîles rapides,
Plus vîte que l'éclair porte au loin nos Alcides.
Déjà par fon abord troublant les Ennemis,
Le Français a rompu leurs rangs mal affermis.
Le défordre, les cris, le dépit & la rage
Du Pandoure tremblant embrafent le courage.
Croates, Varadins à nos coups expofés,
Sous cent globes brûlans abatus, écrafés,
Germains & Piedmontais que le péril raffemble,
Tous font jaloux de vaincre ou de mourir enfemble.
Le défefpoir en vain ranime leur fureur :
Leur audace fuccombe & céde à la valeur.

Par

Par la fuite & nos traits leurs troupes culbutées,
De leurs Ponts dans les eaux tombent ensanglantées.
Je les vois ces Guerriers renversés, expirans,
Dans la foule des morts entraîner les vivans.
L'onde qui les reçoit les cache, les redonne.
La foudre les atteint, l'effroi les environne.
Par ce spectacle affreux nos Soldats animés,
Poursuivent des vaincus les restes allarmés.
Sur les Ponts du Germain la valeur les emporte ;
Ils y forcent de Brown la nombreuse cohorte ;
Lancent de toutes parts le salpêtre enflammé,
Dans leurs agiles mains mille fois rallumé.
Brown lui-même en frémit, se réplie & s'empresse
D'échapper au courroux du vainqueur qui le presse,
Profite habilement des horreurs de la nuit.
Belle-Isle accourt, paroît ; l'Aigle tremble & s'enfuit ;
En laissant sur nos bords l'humiliante trace,
D'un revers éclatant, seul fruit de son audace ;
Et le Var porte au sein de Neptune surpris,
Des Bataillons Germains la honte & les débris.

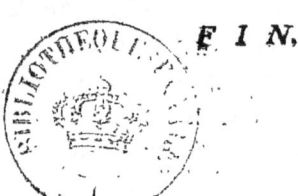

FIN.

primeurs de Paris, dans trois mois de la date d'icelles; que l'impreſſion de ce Livre ſera faite dans notre Royaume, & non ailleurs, en bon Papier & beaux Caracteres, conformément à la feuille imprimée, & attachée pour modele ſous le contreſcel deſdites Préſentes, que l'Impétrant ſe conformera en tout aux Réglemens de la Librairie, & notamment à celui du 10 Avril 1725; & qu'avant de l'expoſer en vente, le Manuſcrit qui aura ſervi de Copie à l'impreſſion dudit Livre, ſera remis dans le même état où l'Approbation y aura été donnée, ès mains de notre très-cher & féal Chevalier le Sieur DAGUESSEAU, Chancelier de France, Commandeur de nos Ordres, & qu'il en ſera remis enſuite deux Exemplaires dans notre Bibliothéque publique, un dans celle de notre Château du Louvre, & un dans celle de notre-dit très-cher & féal Chevalier le Sieur DAGUESSEAU, Chancelier de France; le tout à peine de nullité deſdites Préſentes. Du contenu deſquelles vous mandons & enjoignons de faire jouir l'Expoſant, & ſes ayans cauſe, pleinement & paiſiblement, ſans ſouffrir qu'il leur ſoit fait aucun trouble ou empêchement. Voulons qu'à la Copie deſdites Préſentes qui ſera imprimée tout au long au commencement ou à la fin dudit Livre, foi ſoit ajoutée comme à l'Original: Commandons au premier notre Huiſſier ou Sergent ſur ce requis, de faire pour l'exécution d'icelles tous actes requis & néceſſaires, ſans demander autre Permiſſion, & nonobſtant clameur de Haro, Charte Normande & Lettres à ce contraires: CAR tel eſt notre plaiſir. DONNE' à Verſailles le ſeptiéme jour du mois d'Août mil ſept cent cinquante, & de notre Régne le trente-cinquiéme. Par le Roi en ſon Conſeil.

SAINSON.

Regiſtré ſur le Regiſtre XII de la Chambre Royale & Syndicale des Libraires & Imprimeurs de Paris, Nº 456, Fol. 330, conformément aux anciens Réglemens, confirmés par celui du 28 Février 1723. A Paris le 11 Août 1750.

LE GRAS, Syndic.